U0596890

"而此刻没有比我更适合于他的匣子。"

眺望一棵树

李驰东 〇 著

中国出版集团

东方出版中心

图书在版编目（CIP）数据

眺望一棵树 / 李驰东著. — 上海：东方出版中心，
2024.5
ISBN 978-7-5473-2410-3

Ⅰ.①眺… Ⅱ.①李… Ⅲ.①诗集－中国－当代
Ⅳ.①I227

中国国家版本馆CIP数据核字（2024）第085579号

眺望一棵树

作　　者　李驰东
责任编辑　朱荣所
封面设计　象上品牌设计

出 版 人　陈义望
出版发行　东方出版中心
地　　址　上海市仙霞路345号
邮政编码　200336
电　　话　021－62417400
印 刷 者　溧阳市金宇包装印刷有限公司

开　　本　880mm×1240mm　1/32
印　　张　5.75
字　　数　100千
版　　次　2024年5月第1版
印　　次　2024年5月第1次印刷
定　　价　48.00元

版权所有　侵权必究
如图书有印装质量问题，请寄回本社出版部调换或拨打021-62597596联系

序

这本诗集收录的作品,创作时间跨度超过三十年。"朝如青丝暮成雪。"这是一片三十年的茫茫雪原,足印清晰,按照时空经纬梳理成四辑。第一辑的创作时间,大致是我在杭州念大学时期。

杭州师范学院(2007年更名为"杭州师范大学")在西湖区文二路,马路对面是浙江省团校,边上是浙江幼儿师范学校。这一片都是学校。当时杭州城西还没有开发,从学校西行,不久就可以看到农田、农舍,还有夜晚亮着灯的猪圈。文教区又叫"蚊叫区"。学生中间流传一个说法:"浙大的书包杭大的爱,杭师院的美女浙工大的菜。"当时杭州电子工业学院(2004年更名为"杭州电子科技大学")有个陕西来的学生,一首《回到拉萨》唱得石破天惊[1]。

我们有这样的社团——经费有限,只能自己动手装

---

[1] 记忆强大的歪曲功能,在这里体现出来:郑钧《回到拉萨》正式发行,是在本书作者大学毕业之后。

订社刊《繁星》，装订好了满手油墨，要洗一个星期。我们有这样的同学——白天在寝室睡觉，晚上到教室看书，看到天亮之后，用粉笔在过道的木地板上写下诗篇，从最后一行往外写，这样同学们走进教室，就可以读到一首完整的诗。我们有这样的老师——在某个睡意蒙眬的春日，看到班上同学恹恹欲睡，就在讲台上说："下课！大家都醒醒，到外面去看看春天。虽然春天每年都有，但是毕竟每年的春天都是不一样的。"

图书室和操场、学校和一墙之隔的西湖，勾画出这段生活的图谱。在这里，青春有了最初的觉醒。诗句记录了年轻时的憧憬和迷惘，是热血的、恣肆的，也是不计后果的；用祈使的邀请，进入世界的角逐。

第二辑的创作时间，集中在我毕业后回老家平湖卫生局工作时期。

浙江平湖，李叔同故里，一座江南小镇，小而和美，约束着每个人的自我，而这种约束又成了强烈的写作的动力。有一段时间，白天上班，走进建国路卫生局大门，泡好一杯茶，我就打开一本诗集，将诗端端正正地抄录在写材料用的文稿纸上。这是国内最早翻译的一本博尔赫斯诗集，我仔仔细细地抄了一遍。这是某种半推半就的"地下工作"。我几乎强迫自己跟眼前的体制做一个切割。我在蓄积反叛的力量,直到电视台的大哥对我说:"兄弟,一张几十元的车票就能解决所有问题,离开这里吧。"

离开卫生局后,我开始在这个世界流浪,或者说是漫游。第三辑作品来自这个时期。一个声音时而在我耳边萦绕:行万里路的"行",究竟是足下之行,还是内心之行?我先后在杭州、苏州、上海、北京、新加坡工作,最后回到上海。在这个过程中,写作无疑是和世界交流、自我定位的最好的方式。我不能放弃自我的成长。一眼看到尽头的人生,不是我想要的。

"浮云游子意",和杭嘉湖平原的链接,包括我童年生活的乡镇卫生院,在这个阶段凸显出来。无影灯下,做手术的医生额头大颗的汗水,至今清晰可辨。我很想溯流而上,瞅个究竟。我是从哪里来的?"行路难",字面之外,有何真实的含义?

从新加坡回来后,我定居上海,一直在外企工作,有很多机会出国。第四辑作品来自这个时期。以前纸上读来的一些故事,活生生出现在眼前。比如我读过《巴黎圣母院》,也看过电影,当我走进作者故居,在空无一人的书房中，时间仿佛凝固了。一盏灯在头顶散发朦胧的光线，书桌上有一支笔，仿佛"无人之人"正在使用。也许通过我的眼睛，作者正看到此刻我看到的一切。一次在荷兰阿姆斯特丹的凡·高博物馆，虽然之前无数次在画册上看到过《吃土豆的人》，我还是在原作前目瞪口呆。

作为一个写作者，我感受到了某种紧迫。一直以来，我有汉语已死的幻觉。这个看星空的过程，给了我巨大的养分。我试着努力做到更多。写作，无疑是个人的、秘密的，因此近乎耻；知耻，又近乎勇；勇，需要有大的谋划；而谋，才能确定诗歌的天下。我自认，我的诗行主要来自两个源头：一个是阅读，一个是远行。"以我观物，故物皆著我之色彩。"如何物我融合、物我两忘，是写作者面前一条崎岖蜿蜒的路。深一脚浅一脚之后，或许，"群峰之上正是夏天"。

写了三十多年，第一次结集，个中心情，可想而知。

感谢导演、画家、歌手曾勇，为《秋夜小令》谱曲录音。感谢西安美术学院教授项仕中，为这本诗集的装帧提供帮助。感谢广州的设计师 Belle，把她的美渗透在设计的每一张诗签中。感谢方晓烈大哥，专门为我篆刻了印章。感谢陆忱、钱袁亮、徐姗姗和边策为诗集出版所做的工作，他们的敬业精神让人印象深刻。特别感谢我的朋友郭初阳、蔡朝阳、周谧，没有他们的鼓励，这本集子里的诗行，还会在黑暗中飘浮。一本集子，是它们最好的归宿。

李驰东

2023 年 11 月 7 日

上海浦东中锦滨江

目　录

第一辑　南山路

第二辑 致博尔赫斯

第三辑　杭嘉湖平原

第四辑　巴黎游记

第一辑

南山路

南 山 路

每次进入这座城市

撒满肉体花瓣的城市

我都在躲开你

有时一种近乎羞怯的爱如此表达

你和我青春的所有梦想有关

在记忆中逐渐报废的它们

甚至能在一个大雨之夜把你漂起来

我不止一次感到混乱青春的秩序

就像我已经踏上通向黑夜的漫长旅程

躲开你

也许是一颗星。你孤寂的存在

使你倾向于呼吸和打开

接纳那些被露水打湿前额的人

我已无须光辉，因为你就是光辉

1995

雨　后

隔着日复一日连绵的瓦楞

遁世者看见一片枫叶

在空中翩翩起舞

划出一道优美的弧线

遁世者捉住它，把它秀美的叶柄

合在掌心，顺着叶脉清晰纹路

能听见另一场雨

正把记忆深处雪白的马匹爱抚

那是怎样的火红和雪白？

岁月不曾伤害

遁世者试着开口

说一些动听的，就像祈祷利刃般的爱情

结结巴巴把它捧在胸前

还要给它喂水，来之不易的月光

一直陪伴着它

在雨后迷宫般的街巷踢踏

一场大雨过后，我们站在原地
两棵木桩，被深沉的爱情包围

1992

眺望一棵树
004

锡林郭勒的夜

锡林郭勒的夜

雨，一只神秘手鼓

忽隐忽现的拍打

马蹄形的夜晚

牧马人用一堆篝火

把马群合拢

马群把长满青稞的河流合拢

在我们身后

一朵迷路的白云

又把破碎的天空合拢

锡林郭勒

夜。惊人的大黑暗

那辽远的山坡上有神秘者持灯

飞马者当空

锡林郭勒

让我们围坐在温暖的篝火之畔

守护天空散落的蓝色碎片

拧绳倾听

牧马人的故事

草原上天使转场的故事

人类守护诸神家园的故事

锡林郭勒

给梦想者以明眸

给歌唱者以双唇

让我们倾听这雨，这迅疾消逝的

神秘手鼓

并且有繁星满天的手指

从白云的指环间

不住插落

马蹄形的夜晚

马蹄下一束青稞

锡林郭勒

在内蒙中部
在高过我们的头顶

1992

梦：呈现

我把这张脸搬到太阳底下

挂在脖子上的
这个长满书架的葫芦
我的脸
上面几只秘密洞穴
进出不知名的小兽

多么天真的年代！
我要用一瓶墨水
把你们全部搬到太阳底下
远离死亡黑色阴影
如果天堂瞬间开启
透彻见底的风
手挽起风

桥梁手挽起

跌坐在河流边的孤独的村庄

我说，请你们进来吧！

我对浪迹天涯的游子说

我对黄金的灵魂、青铜的大野

一株白银的草叶说

挂在我脖子上的

这个紫色葫芦

一队蜜蜂竖起标本，嗡鸣旋绕

这是谁的生命长久喧嚣

持续骚动，从花朵到蜜

一滴黏稠的汁液，短暂而又专一

无限地热爱着

这个世界？

我把这张脸挂到

太阳的某根藤上

秘密的洞穴、不知名的小兽

像一场隐形的战争

忙碌地进出

1992

春天·序曲

就像一匹没有人骑上过的马驹

一阵风

闯进这片春天的林子

亮如箔片的树叶和树叶之间

只有我在，

只有天空，大片的云影挥洒

正纵横开阖临摹谁的气势？

（歌队）：

胸口的白帆点点，缆绳已经

解开；你要漂向哪里？

那开满花的小径，也在林中

马蹄下，拉起植物的双手，一脸纯真。

几只长翅膀的墨绿的昆虫

将飞未飞，而我此刻

却像忘怀自己一样忘却了你们的名字

（歌队）：

那个植树种花的，那个采蜜的，

真是和春天互换名姓的。

多么嘹亮的春天啊！恍如一枚号角吹响

我在这片林子中间

空无一人，我却感到震颤不已的河流那端

深沉的大地天空间

漫山遍野的人类歌唱。

（歌队）：

劳动的双手，创造的双手！

生命有如泥土一抔

不断倾注，又双手抟起

一根去冬的枯枝饱蘸今春的新绿

一队时辰的歌手迎面而来。

（歌队）：

而一阵风久久地

吹响你早已置身其中的这片林子！

1993

秋 夜 小 令

——赠锅巴，出乎意料

这夜晚寂静

这夜晚并非无声，这夜晚

落叶凋敝，秋虫在低语

不知道枯萎为何物的秋虫

在弹琴

这夜晚照着水底的石头

这夜晚近乎造物的鼻息

一块彩绘玻璃的折光把你深深吸引

弹琴、弹琴，这夜晚

冻僵的人举着火把走进密林

1995

蔡 朝 阳

——小蔡，又是一碟

用最简单的方式：啤酒、罐头、大堆空烟盒，

对付趴上我窗台的每个周末。

麻将声中并不感到海水的孤独。

白天，我是戴眼镜的中学教员，

一肚子墨水，两手粉笔灰尘，

夜幕一旦拉开，夜的舞台上，我就是斗室

不无忧伤的哈姆雷特：荧光灯下

我的奥菲莉娅在哪里？永恒的

引领的女性，我从何处上升；

（狗屁领导，我对他们点头哈腰。

我的孩子们，现在跟我念："大江东去，浪淘尽……"）

一只飞蛾不停撞击灯罩，朋友来信

越来越少。灵魂和肉体，像沙子和

饭粒，让我牙龈酸痛。这也是可能的——

我仅维持在某个反面角色的水准，

自觉内心深处革命性煽动而无动于衷。

每个人都在生活压力下变形，

这磨盘巨大！直到牙齿脱落，满脸

皱纹，啃不动骨头，被亲爱的人

唤作"梅干菜"——死亡之神

才终于前来认领。朋友们呵，我们

殊途同归，不管和文字结下怎样的恩怨。

1995

作品 9009 号

路灯底下浮现雨燕娇小面容

她不说话

翅膀下面抽出火柴

点着一支烟的过程，就是沉默

一次旁敲侧击

火车站汽笛飞旋

小镇雾气迷茫

深秋的落叶被远山深深抱吻

待检的车票

记忆中的发小

被一座座小径纵横的墓园埋藏

燃烧一支烟的过程

寂寞的双簧管

依然低徊单簧的曲子

秋与心相合。风景
依然在明信片的彩塑中木讷
而哪一只手将会出现
握住我朋友异地到达的一刻
哪一只手中鲜血淋漓
却依然紧握那支天使之箭

1990

雨 的 雕 塑

唱着歌的雨从我身边走过。

年龄幼小，轻快的雨，闪闪发亮。

从那些容颜模糊的云的家，

会唱歌的雨飘下来，飘落

被某个看不清的神明拥抱

在马背上，而黑夜的魔王拼命追赶。

一个单纯隐士的思想，今夜

只是种空洞的思想，

他不会为这些雨的精灵所左右，

全城黑暗的灯座上

一盏灯孤寂地升起。

圆拱的建筑、跨过河流的桥梁，

雨像个旁观者一样下到这个世界。

雨无所保留地来到水的栖息之地。

你的门窗紧闭，玫瑰花瓣
指尖冰凉；你有没有感到
这雨，唱着歌的雨，闪闪发亮，
摸索前行？你有没有感到惶恐，
感到另一个在青春的懵懂中
执着靠近？

扔掉往事伤口的绷带和疤痕，
每一颗雨都在完成
这件黑暗世界的小小雕塑，
颤动而又闪光，冰冷而又明亮——
揭去大地的雨披，
这样的幻想没有尽头。

1997

漆黑之夜

在这漆黑一团的夜晚何处寻找

传说和梦碰撞而成的宝石？

湖泊仿佛呓语的动物蜷缩起身子。

少女手捧雪白肉体，在这漆黑之夜

少年牵着马匹来到异乡。

暗夜行路，像雅各蒙着眼睛

上前迎接天使，却不和他摔跤，

无法逃脱的责任

驱使他走过漫漫长夜。

埋首大地，尸骸在静夜中低语，

内心无名的饥饿，和远方连成一片。

内心：一个破损陶罐，

里面装着千朝百代

所有不幸的灵魂。

怀揣着火镰的流星

在夜空长途跋涉。

来自母腹的阵痛——黑暗——尚在分娩，

我们可以敲打一簇火苗试着听听。

1997

春 之 声

马兰头姐姐

荠菜妹妹

春天的风该好好地吹

吹得你就像你破烂的花衣裳

1992

诗篇：你

你是一粒盐巴
或者一滴蜜

很容易混淆。你是甜的
或者咸的。而生活恰恰相反

生活是一种特殊的苦。一种
索然无味。当成片树木

把自己打包，隐藏在季节的嘴巴里。
马车驶过黑夜。你脸色苍白，

带领你的羊群，在广场翩翩起舞。
你慢慢融化。这样一种梦幻般的

苦涩里，回荡着人群欢声笑语。

你苍白但不容拒绝——

有一片大海悬挂在你睫毛下面。
无论你走到哪里的影子，

有我瞳仁深处灼热的光线追随。
我是忧郁王子，我的畸形和丑陋

驱赶着人群，直至消失在钟楼。
——仍高举生活的杯。

1997

梅 家 坞

鸟鸣，衔来黎明灿烂的种子
从一本《茶经》扉页

建筑在晨风中寒战
夜色就像小动物的一个饱嗝

车辆疾驶后坡地深深地瑟缩
车辆把一串脚链围在进村的路口

农妇包着头巾早起
在春茶的意味深长的幼芽里

瓶塞还在酒酿的瓶底漂浮
我就是那个脚不着地的游子

幸福和我一起醒着

瞪大眼睛漂浮，在梅家坞的春天

江 南 小 镇

——"我们都是迷途的羔羊"

我们前额抵着前额，鼻尖通红

像两颗露水即将凝固

在同一片草叶聚集

像两只迷途羔羊走失在爱的旷野

当我们在这个瞬间意外相遇

周围的世界凝固了

呼吸，呼吸

我们需要人世这个庭院的所有空气

来融化庭院之心，那口干枯的水井

长长的拖轮拉响汽笛

穿透小镇上空铅坠般的阴云

我们顺着锯齿形的边缘

走过梦中街巷，你不停
拍打着我的手，以此取暖

寒冷冬夜聚拢在一片草叶
我们碰到一群天使
还有他们满脸皱纹的老母亲

1997

有天使的黄昏

黄昏，一群天使扛着梯子

从建筑工地下来

被灯照亮，打开棉被包裹的晚饭

青菜萝卜夹着一点肉

同样的灯光照亮"吃土豆的人"

肮脏的皮鞋，还有一本

翻烂了的《圣经》，遥远的

阿姆斯特丹

河流聚拢走兽飞禽

尚未找到归途的人

围坐在昏暗的灯光下面

和我共享薄凉的黄昏

梧桐树倾倒硕大花瓣

在墙边投落变幻的阴影

一本书总感觉到自己的分量

不可思议地逐渐变轻

打开窗飘来河水的气味

类似一头耕牛反刍牧草的气味

它犁过的田地在黄昏浮动

它啃过的草皮淹没乡亲的足背

天使扛着梯子走路的声音

说话的声音，吃东西咀嚼的声音

所有这些清晰可闻，铸成一个小小魂魄

帮我把记忆之书翻过一页

1998

游 子 吟

河流，一闪而过，纺梭形的村庄。
即将荒芜的祖先的码头。
原野广阔。围着篱笆的陶渊明的家
不在这里。不要吵醒地里的种子。

不要吵醒水里的种子，那是织女
失手碰落的。有把勺子扭向一边，仿佛祈祷
我们无法企及的寂静有了北斗的姿势。
漫游之后，一艘船回到杭嘉湖平原。

"早上好""睡得真香"
"还梦见了茉莉"，
几只水鸟开始在竹林边下一盘翠绿的棋。

随行的小孩四处奔跑，

轻轻吹着竹笛，他们骄傲得可以，

仿佛刚刮了晨曦鼻子，又摁住了朝霞眼睛。

1998

回忆在省团校读一册诗集

肉体的船只，个人主义的帆。

在五光十色的生活的洋面上漂泊。

他的眼睛使他看见

一个形象竭力从人群中挣脱。

（像一只昆虫困在尚未凝冻的琥珀，

也像一把小提琴上

蹑着脚的音符，碰触到

倾听者广袤的原野）

那形象在省团校一棵树下

旭日中，读一本诗集。

那本诗集读了又读，偶尔中断，

（像恋爱中突如其来的心烦意乱）

（也像成熟后更为扑朔的技巧）

文字开始在他眼前扑扇翅膀，

唤醒大地的司仪，同样唤醒这些

来自脱粒机的静止的谷粒。

文二路胃口奇佳：车辆行人川流不息。

清晨，树下萦绕宿醉的

晕眩。去玉皇山担水的阿姨

准时开始她的早课。

中式早点泛起昨夜片段记忆。

一些剪影，并不完整，

叠加到一个服务员

用餐巾反复擦拭对面那张石桌。

阳光把桌面一分为二，他会保留

属于他的那一部分。

阴影的部分，他在其中躲藏

他的卑微。他把注意力重新集中

到诗集的几行句子。

（像咀嚼一块不易溶化的巧克力）

"人生如痴人说梦。"*（自言自语。*

被唤醒的大地）

"充满喧哗与骚动，但是毫无意义。"

人们为生存奔波，一种抽象的充实。

他无意间推开这扇窗子。

一本诗集。他竭力从自己的脑海
索取这个形象。
然而哪里出了问题，
在他和薄薄的一册诗集之间，
一切荡然无存。
要么他们打开的方式是相反的？
人生处处陡峭而我们感觉不到
丝毫？他刚从一团乱麻中揪出一个头绪，
远处有人喊，上课了！
要迟到了！

这么一把剪子，他苦笑着想，
可真是毫不含糊！
他觉得自己已经能赶上那个形象，
合二为一并且丝毫没有
追赶乌龟的阿喀琉斯的困惑。

1998

考研时在嘉兴文联招待所眺望一条河

河对岸是一家破产企业，

空旷的

厂区，寂静披上神秘外衣。

（曾几何时，在风格硬朗的厂区穿过

——仿佛蝴蝶破茧时的阵痛，

每个人印象深刻，顿感渺小，

对自己肉体的不信任感，在机器轰鸣声中

不断放大，自卑感像一阵烟雾。）

那寂静跌倒又爬起，

挣扎着

越过飘满废弃物的河流，

向河的这边蔓延。

这是被称为母亲

河的运河，也是灰暗天空下

一个肮脏的伤口，

船只南来北往

神话遭到诅咒。

沿海城镇暴发户的普遍景象:

污水泛浊的河流,

翻滚的动物尸体,废弃的家具,顺流而下。

在航船和河岸之间,

那些除了双手

别无所有的工人,

那些贫乏和倦怠,

即将迎接生活无止息的蹂躏。

失败感"劳动"牌香烟般燃烧。

生活的脚底的船板突然被抽走了!

如何界定内心的荒芜,

和眼前活生生的

现实,不至于混淆?

清晨的馒头,热气腾腾的稀饭,

在胃里慢慢消化。

拿着手中的复习资料,

站在窗前,突然意识到

自己思想的开小差行为。（考试前

十几分钟！决定命运的时刻到了！）

一些东西书本

可以装作视而不见。

最终剔出威严的视线，

在"真"和"善"之间有一个天堑。

什么时候我们眼前开始有了

一座又一座废弃的工厂？

在命运的版图上

我们不断拓展各自的疆界。

一条肮脏的河流让我们看到了

那些不安的人群中

有人拿起竖琴，

颤抖的嘴唇唱着

"耶路撒冷，如果我忘记了你……"

1998

赞 美 之 诗

——为海子而作

风吹去小镇繁华的浮尘，
落叶和秋天的赞美之诗。
远山像一群遭遇抵抗的猛兽，
突然沉寂下来，仿佛季节那彪悍的驭手
已为它们原始的激情设置好次序。

——一个关于诗歌的譬喻，之后回到
眼中的世界：瞬息间夜晚来临。
那些年轻的、夭折的生命
并不为诗歌圣殿摇曳的火焰所宽容。
爱总是这样，越痛恨越超出拒绝的理由。

种子埋进地里，长起来的
已经不是果实，而是大地本身。
炉火自会熄灭，个性无须彰显。

把所有这一切作为基础，
需要生活，但不是为语言而写作。

一边是跳荡的青春，另一边
漫长、无止境的中年期。
你要喝水，体操，抽烟，理发，
一个人走到深夜阳台记下诗行。
仿佛在这尘世之上另有一束光芒，

像那只鹏在北冥高举，
虽然只是路过，只是
遥远和陌生；抟扶摇之前，
只是为了在你肉体杯盏所盛的梦幻
水流中浸一下通红的蹼。

1998

笔 记

1

每个人都来自一滴液体，

来自大地的黑暗虚无。

上帝给了你一切：人的尊严，物的耻辱。

你倒下就像一捆柴禾。

眼睛眨动时候才有人的样子。

要有多少容忍、退让，才有这黎明？

人群总使我感到削弱，在一个雨夜

多希望没有摘下树上叶子那样去爱你。

2

东城河滩，于是每一个窗框

都是一个深陷的眼窝

岁月把生存的平淡淘成沙漠

一步一步，河水中漂浮着垃圾的臭味

看不见的，洗干净的，已经消失了的

那些珍珠般的米粒

让我感到了与生俱来的饥饿

3

坐在一群老人中间

就是坐在一张已经兑现的支票面前

坐在白发、皱纹、偏执和唠叨中间

坐在发动机突然熄火，马达

依然空转，和窗外的车流、光影

人声相平行的异度空间

我突然对一切产生了深深怀疑

我几乎清晰地看到

未来的自己

4

蝉声如瀑，火车站旁

运河水使人思绪苍茫

是我曾经熟悉的地方：一支手电

将浮游的蝌蚪照亮

李医生脱去白大褂

带着他的孩子去乡下农忙

透过开启的车窗我重又看到这一切

黑白色跳跃的童年，在河水中流淌

5

我的心里有个虫子

被夜晚的寂静豢养

一到晚上蠢蠢欲动

夜愈深愈活跃

不仅在我心上钻出千疮百孔

而且让我的书房隐隐晃动

谁在那里？告诉我

谁在那里种下了一颗诗歌的虫子

6

异样的月光

使人怀疑罪的真实性

在我的现实和世界的现实

之间有了数的关系

我们相互依存、心有灵犀、此消彼长

7

坐上橡皮轮胎改装的小船下网
这个季节，溪流中的鱼太小
我对杜震宇说，如果鱼太小
就让它们暂时到你班上去寄读，总有一天⋯⋯
杜震宇，在崇山峻岭间飞奔
俯冲，比一只回家的鱼鹰还得意

8

香烟点着即直面死亡
香烟燃烧即消失
人生不过如此：时间、时间
时间永在流逝

9

夜之美：夜的大氅过于阔绰
以至于遗漏了
点点星光

10

我一直追随着那个人
在人生的胶片上

像影子追随着唱针
电流的嘈杂声无病呻吟

自我只是一段模糊的情绪
有时捉摸不透

11

季节变化的时候，那些伤感的心绪
像葬礼上最后一铲泥土
很快周围陷入一片昏沉
只剩下泥土，只剩下
让梁山伯祝英台一起飞起来
舞翩跹的那个故事

12

想不出冬天还有其他样子

就让理想主义的春天
暂停一下

1999

归

虫声把人托举。

睡在蛙鸣的平台之上。

无梦亦无醒，

是你来到闰土家的第几个夜晚？

（*星空无影灯下，听到布谷叫声*

因此不必惊讶黎明的诞生）

万物生长，夏夜繁荣。

每个人穿过文字的丛林，

在书架上东倒西歪的又一本

书中，撞见童年谜一样踪影。

奇怪的处理方式，因为命里

缺少"土"这种元素，就用名字弥补。

你手上还留有瓜地的余温。

而一场大水直接漫进故乡记忆。

生活另一面的深渊，
此刻闪过如枝杈的阴影。
可以像离群的鸟栖落，
远处，河流深处，一艘亮着灯的船只

有人哼着小曲的船只
为大地手术。

1998

严子陵钓台游记

——献给我的兄弟杜震宇

一

重情山水。

你率先把江水看成一面

永不枯竭的镜子。

（那个造镜子的远在山巅，白云源①处）

列满石碑的长廊

用幽暗的光线考验后来者的耐心。

无数个时代停驻在大理石冰凉的凹痕，

仿佛彻夜不息的晨雾

汇成水滴穿透檐下命运的磐石。

临摹碑刻的手指划烂胸前的衣襟，

夫人的手指且在琴弦上穿梭，

和兰花、轻盈的蝴蝶并列，

---

① 白云源位于严子陵钓台上游。

把影子留在清风曾助你翻过的书页。

崖下那深沉的黑夜是美的。

不曾背叛，经历漫长寒冷的冬季，

最美好的春天正在抵达，

到你的窗前正披上灯盏的形体，

漫山遍野，热烈坚定，仿佛神的意志。

二

再见吧，刘秀！原谅我在你卧榻鼾声如雷。

再见吧，舞女！歌声随意把你翻阅。

再见吧，宫廷！原谅一朵闲云张开野鹤的翅膀，

飞过漫长等级的台阶、盛宴、青史、酷刑、

从井水中打捞起的权力的月亮。

所有这些都是看不见的锁链的一节。

远处撕扯胸怀的大江呼唤着我，

一个微笑的神明，一根钓竿，终将贯穿

我的一生，直到在天际浩渺处消失。

像一束刚擦干嘴角乳汁的光线，

外表越松散，内心越收敛。

我能感到黑云压城时，

墙角一株青草的力量。

那些微小的个体，是他们支撑着夜幕，

不致过分低垂，摧毁每个人的安宁的大地。

三

落日用它开阔的反光

最终使严子陵成为避脱官职的

一枚银鱼：传说还在它的鳞片

缠绕，时间的利矢无法再次将它赶上。

——他的选择是诱人的，郁达夫说，

他的夫人是永恒的江流。

而他日复一日，在江边垂落钓竿

等待和他同名的那条银鱼出现。

时日漫长，未免顾影自怜，

梦中的庄周呼唤蝴蝶的名字。

那些山、水、草、木、天使舞蹈的

渔火之夜，林中的草药气息，

白云栖息之地：一个人仅有的生命

水墨一般在天地间铺开。

这样的境界，我们称之为自然。

四

把一块石子投向江心，

看它跳跃的小人般

在微微涟漪中俯冲前行。

五

水声使钓台四周更寂静。

层林浸染，是一个阴天。

凭栏怀吊，缓缓收拢想象的翅膀。

我们设想这是你耕钓之处，

诗画之处，引吭面对蓝天白云之处，

我们设想你还会儒雅地转过身

说：要尊重自己内心，那里住着更高的神明。

1998

第二辑

致博尔赫斯

致博尔赫斯

一本书，一个谜，一段故事

整个年轻时代我都在穿越它的疆界

我试图点起烛火，乞命于

未知的情愫，但某个神灵

使我昏头昏脑，终未跨出自我的牢狱

现在我终于明白青春短暂

同年好友已成了另一世界泥土上的蟋蟀

所谓阅读，又何异于

把他人整个的生命窃取！

阳台上一盆翠绿的文竹，光线、声息

此刻我默契于它们无扰的平衡

并不拒绝它们进入一首诗的国度

它们生长，应将继续，我越来越信赖

那些构成生命基础的简单事物

1999

眺望一棵树

从我足跟部涌来的喧嚣

止息于你枝繁叶茂的宁静。

一只鸟拍拍翅膀，仿佛一句怪诞的古诗

被随手的偶然投放到这里。

步行者已经在树下梦到了

蓝天、白云、别处的异样。

这些都是你孤单而又挑剔的原因。

我只能像个一无所有者来到这里，

纵情歌唱，梦深沉清澈的河流。

那句古诗在枝叶间闪烁。

那个诗人的魂魄，在我身上寄托。

而此刻没有比我更适合于他的匣子，

譬如沉船之于海洋，那棵树之于大地，

而此刻没有比我更适合于他的匣子。

1999

弥 留 之 际

光线下降，我感到扑上前额的

尘埃的重量。

不用言语，我也能听到

那些细微如蚁的死亡集结时的脚步，

它们在把我生命的基础撼动。

时间，只用一个沙漏计算。

握笔的手已然充盈，

而夜的广口瓶也将注满

哪怕生命最荒凉处的坚硬颗粒。

你可以把炉膛熄灭了，

让黑暗保持某条河流的完整。

在我身后它们仍将继续分蘖。

你呼唤，听到大海的回声传来，

它们所消灭的只是一朵浪花的形式。

1999

夜曲：明代哲学家

风敲打夏夜爽朗的编钟

那排太过舞蹈的树叶

迟迟不愿醒来。死去的人，我已经

吸饱汗水，用完十个手指

把每一颗星从鱼钩顶端摘下来。

像一串流水，穿过黑暗凉爽的墓地。

在用书充饥、用墨果腹的年代

还是有人到处游说，宣称

不是风在弹奏，而是

我的心在音乐，不是树叶在舞蹈

而是我的心在震颤。

夏夜的恢宏场面，是月亮，用风

敲打夜的编钟，

而一个归于尘土的人轻轻咳嗽着回忆。

1999

夏 加 尔

故乡花园里，一个花瓶失手打碎。

偷听到的寂静，女仆信手抓住

伸来的男人的手，摁在自己身上。

一只水桶无声倒向水底群星。

一只警惕的甲虫被粗大的脚趾碾碎。

在故乡花园里，井绳在石沿磨烂。

阴云遮住水中之月。美梦，你的生日

又到了！一个打盹的读书人

把头发悬在房梁上庆贺它，

他的明天定比梦中黄粱更加璀璨。

一堵墙坍塌，在故乡花园里，

一切从有到无，时间劫掠一切。

时间像是蒙面大盗，把口袋里的东西

都甩到墙外另一世界。

我们正好路过，被记忆砸住脑袋，感到震惊。

在故乡花园里，你就是你，夏加尔

无可替代，即使光线迅速暗淡，颜色纷纷
消失，大雁尖唳着划破长空。
你的画无疑让人想到一切：它把我吸收
又把自己变成我，无私慷慨巨大。

1999

端茶杯的博尔赫斯

在一本书的封面

我看到你老年的智慧。

在地铁站一个匆匆忙忙的书店

我看到你脸上的皱纹

整洁的服饰，宽阔的前额，

和一颗星对等的光芒还在加强。

一片隐匿中你独有彰显。

我不确认哪些从书籍中蹦出的人物

围坐在你身后，他们为何避开

你的目光？

——那么温和，仿佛已看尽一切

追逐着另一只老虎，抬高黑暗的渊面；

他们想必也在倾听

你明亮目光以外另一种语言，

被悄悄潜行的风吹出含蓄的泪水。

我甚至注意到杯沿细碎的花纹，

——用维米尔的专注——我想象

它们来自一个遥远友善的国度，

对你发出诚恳邀请：

那种少女肌肤的雪白

使我同时闻到茶和杯的一缕清香。

甚至可以等同于梦幻。

陶醉于它自身的那只握笔的手

现在举起这梦幻。

书册封面并不宽大

但很富有，有一种奇特的

渗入一些雪花的密林深处闪耀的蓝。

我试图再现照相镜头摄录的那个瞬间：

抽烟的朋友挥手驱散烟缕；

那只茶杯继续送向嘴边，那里

已有一个微笑产生并迎接

某个话题；听到桃花心木家具交谈的友人

突然站起，走向满月的庭院。

通过翻译隐秘的途径，
你用瓷器之国的文字
开始时间空间双重之旅。
夜几乎凝固，成为抵着站台沉思的脸庞。
雾气弥漫。在手指不断的敲打中，
茶还原成水和叶子，杯盏还原成晶莹的土块，
只有那缕清香萦绕不去，

——"住在这黑暗的友谊中多好
在门道、葡萄藤和蓄水池之间。"
而流水般的时间，并不拒绝
每个人的投入，有些顺流而下，还有些
沉入寂静的水底。

1999

游 子 吟

鸟鸣，鸟拨弄它的巧舌。

露水，一群光着脚奔跑的天使。

大地，绿叶，瞬息间被踩遍，

滋润，清新，如释夜的重负。

一艘航船累了，发出疲惫的耕牛的呻吟，

停在河流深处，令人目眩的

是朝霞、正在消失的漫天繁星、

黎明到来时那种神秘抽搐。

我再也不能赞美。

你是我来的地方

你已经把我轻轻抹去。

我的躯体只是泥土一抔

无意中捧在我灵魂的游子的手中，

而我听到血液中一根树枝断裂的声音。

2001

黄河故道·雪

你的苍老，你的孤独
已经在你庞大的身躯之上剥落。
寒冷消失在一个土丘后面，
缓缓的烟囱后面，瓦砾后面，
一件破烂的绿色棉军大衣后面。

白雪是今夜唯一慰藉。
扎着红头绳，安静的舞蹈，
和你对视，和一个找不到从前的
曾经的大卫王对视。

陶轮和米囤，那些围坐在树下
撕扯树叶果腹的年份，
绑着一根绳子相依为命的年份，
漂浮在水面的牲口，再次浮现
那些花草和原野。

有谁没有注意飞鸟，并

试图打开内心深处那对翅膀？

2001

梅　雨

雨的黑暗，雨的序曲，雨的静谧，雨的咏叹，

雨的意象，雨的爱意，雨的大院，雨的城池，

雨的乳晕，雨的平仄，雨的秉性，雨的花篮，

雨的烟丝，雨的僧侣，雨的初吻，雨的叶子，

雨的骑手，雨的驿站，雨的鞍辔，雨的灯盏，

雨的故土，雨的密码，雨的档案，雨的肉身，

雨的灵魂，雨的山坡，雨的枯萎，雨的言语。

2001

枫桥夜泊

068

之一

黄昏来了，夜来了。
暮色支起琴弓，不同角度
摩擦大提琴的运河。
万籁俱寂，漫游者听到了，
厌世者、跳楼者、服毒自杀者听到了
这寥廓的夜曲。

是有翅膀的呵，夜曲！
而我们就在对岸，此刻，树木怀抱。

之二

午夜一片静谧
我枕着爱人的手臂
像一座桥梁停泊在她身边

唯有心脏跳动的声音
一颗颗孤单的浪花那样清晰
簇拥着守护我们的星辰

时刻提醒自己，要远离
黑暗，要远离那些孤独之罪
秒针嘀嗒，切入我们肌肤

2001

蝉　声

蝉声：酷暑的一片绿荫
蝉声：柔软的海洋生物

徐徐向四周铺展
覆盖底下干渴的人的梦想

蝉声突然停止，让人感到
井底之蛙的空虚和惊讶

我把这个想法告诉一个门卫
我把这个想法告诉一个保洁

蝉声：自然的节拍器
我闻到了提琴的松香

爱慕者在蝉声中汗流浃背

即逝的顷刻，脱下明亮的蜕

看着眼前高大的建筑宽敞明亮
蝉声：似乎来自虚无

用语言来捕捉和编织
我来自夏日阵雨后柔软的泥土

蒸笼般的大马路上突然遇见
我的朋友，请留下你的名姓

2002

沈 阳 车 站

簧片拨动琴弦，在候车大厅另一边。
吉他声，从广播里传来。
一开始什么都没听到。要命的嘈杂。

隔着巨大的落地玻璃，车站里外两个世界。
站前飞沙走石，女子裹着头巾，
树木顺从地俯首，出租车来来去去。

声音，正在产生，从一个简单设备。
玻璃正面对两种处境：室外狂风呼啸，
室内人声嘈杂。玻璃试图隔离，
而音乐试图融合。音乐是流动的玻璃。

找到一个位置坐下，瞪着江雪般空旷的
渔翁的眼睛，沉入一本书，
沉入一首歌曲，吉他的弦音仿佛漫天飞雪。

无法挽回的时间长流，匆匆行路之人，

无意中碰了一下：即将伸出兵蚁的触角。

在沈阳车站，异乡人寻找各自的归宿。

2002

黎　明

黎明，就像小鸡破壳

不是一只，而是

无数只的啁啾

我，在绿叶中间，毛茸茸的，一直傻站着

2002

听　歌

她侧着脸等待一片阳光
她转身阳光跟随她

来自我最深梦境的花园
人群像随处安放的乐器

在各自的音阶上攀爬
一些灌木遮挡

我无法看清她的音符
这些灌木是我，阳光也是我

起风时候她会唱一首歌
她有波浪一样的长发

没有人看到过她的眼睛

就连黑暗的星空都是不确定的明亮

收获了秋天第一批落叶

她沉浸在耗尽我一生的阳光里

2002

诉 说 忧 伤

雨水模糊双层巴士前面的玻璃
远处的流浪者、奔跑的花朵

我已经不再适宜
诉说忧伤

2005

绽　放

之一

一个黎明的绽放，就像一朵花

从众多花瓣中脱颖而出。

新鲜的汁液，

来自大地鼓荡的血脉。

脱颖，针刺的微颤——

一道闪电坠落在山的另外一边，

带着破碎的石头的翅膀。

脱颖，在我们体内汇合的

那些初始的洁白闪耀。

我们不再言语，当大地和天空

分开，探索各自生命中的缘分。

在等待的不安中，黎明脱颖

而出。白大褂的女神在诊室外微笑着，

递给我们面包和水。

之二

看到这些绿色吗？
一块玻璃，细微的雨滴持续擦拭。

看到冬天了吗？近视眼嘟囔着，
捡了一堆破烂走开。

看到擦拭玻璃的近视眼吗，
告诉我，那些雨滴都去了哪里？

接着春天脱颖而出，
黄色、绿色、红色。

我继续擦拭，
来自湖泊，森林，花朵的

祝福。我不小心擦出一个近视眼的
崭新的春天，需要靠近

能感受到这种痛苦和荣耀吗，
春天，持续涌出诗的热流？

而那个不会唱歌的近视眼
凝固在玻璃深处死去的霜花里。

2003

外 婆 桥

风吹过儿时村庄
黑暗的原野是美的

我们正好从外婆桥走过
沉浸在细雨中的江南是美的

秋雨抚摸着平原
又把远处山丘小猫一样拎起

河流躲到梦深处，外婆在天上
正帮我们打着灯笼

2001

假　如

假如我坐在这个院子中央

无花果树下

听到旧城拆卸的声音

在我体内喧响

南方的雨水像一群叛变的特务

跟着我来到了北京

我的鞋子沾满了土

我听到起子和啤酒瓶盖决裂

"砰"的一声

我会感到异常幸福

再没有夏天使人感到遥远

假如我真的那样开始了

流浪，走遍大街小巷

累了就回来悄悄关上所有门

假如我真的陌生了
从未有过如此真诚
被马路边下象棋的几个看个正着

拱卒，我说着
被一种不由自主的羞愧包围
仿佛在棋盘上整个俘虏了自己

2003

三月的补丁

三月是多么的混乱

我们像一群难以招架的补丁

从冰冷地下室的牢笼破门而出

春天突如其来的热情

被一只单飞的孤雁唤醒

盘旋飞升到广场上空

带着歌者隐身在打壳盒带中的气质

冬天冷酷的内心出现裂缝

它正被一连串抑制不住的歌声摧毁

一树蜡梅让故园生机勃发

雨水早已跃上颓圮的屋顶

蜜蜂把油菜花的梦背到远方

我们经过三月随即就被碾碎

泥浆飞溅车轮的辐条

春姑娘从漫长冬季醒来

手脚还没利索，就把我们一个个摆平

2003

惊　蛰

自由就像小鸟振翅
喜悦承载着她

喜悦诱惑着
春天，我们一直想靠近

然而总是差之毫厘
她反复出现

在我们眼前，在我们梦中
那些老掉牙的词句

从骨头里长出来
充满春天的原野

我们搬运过的石头

上面刻满了名字

他们有时窃窃私语
在地下制造了更多的雷声

2003

水　墨

我梦中那场春雨
已经把远道而来的你淋湿

桃树枝，柳树枝
在光的舞台亮出各自素颜

大地的骨头越来越轻
文字和文字彻夜碰撞

巨大的裂缝让我心生惶恐
我不知道如何才能让它们安顿

凿壁偷光，何处把它们安顿？
越来越大的雨声划出时间的界线

在你跳出天使行列来临之际

河流减慢了步伐

痴迷于那未知的确定
我折下一枝芦苇开始远行

2003

更大的秘密
——与刘杭

我们在省图书馆的天台吸烟，
说话，看着各自眼睛深处
那一点点火苗。许多棵树在周围，
我们请它们坐下，
不要惧怕近在咫尺的黑暗。
还有光亮。这话最适合黄昏，
我们此刻正站在黄昏。

剪裁了大半的人生。皱纹
让天台有些沧桑的韵味。
我们吸烟，谈论书中那些侠客、
隐士、鸡鸣狗盗之徒。
这些秘密如何与眼前的世界共享，
而不影响堆满落叶的街道
井然有序？路过省图每一间房间，

我们放慢脚步，像是开始某种仪式：

藏纳其中的灵魂因为年代久远，

双眼浑浊，偶尔发出几声咳嗽。

2007

给孩子的十四行

我在剥豆子时候想到你，

孩子，你在城市深处，

填充一所学校。

我把切好的萝卜搁进锅，往汤里撒盐。

厨房到处是垃圾，也有你的痕迹，

充满我的生活。家是活物，

且比马路温暖。虾是你的欢喜，

且比绿叶蔬菜生动，热锅中围着香葱，

翻腾变色。这是今晚给你的一切。

即将给你。所有一切，一个母亲，

坐在小板凳上，指甲秃了。剥毛豆的时候

想到你，孩子，走廊上噼里啪啦

走路声让我想到你。究竟哪个天使

能把你藏进一颗豆荚？

2016

江 南 小 镇

异乡下午，阳光把影子

拢到你脚边。给异乡人贴上标签。

一个外来者，对于平静和美

瓷器般精致的小镇，你初步具备

大象闯入的气质。小桥流水掌纹的人家。

有一本书扔出窗外。围墙里的玫瑰，

用香气的鼻尖推开读书郎。向着码头，

夜晚分成几份。水面的纹理织出一匹丝绸。

想着锦上添花，不要错过月亮的倒影。

小镇早晨热气腾腾，但悄声细语

已浸透了我们的灵魂。男人是面团，

女人是水：在早点摊享受一个笑话。

抵达并且唤醒。江南小镇，

明信片上白墙黑瓦，写下你的邮寄地址。

2008

莱芜一夜：致敬李凝

从废弃的棉纺厂出来，

头顶的月亮，仿佛积攒了无数个生日，

让人看到她的正面，还让人看到

她的背面。她有无比明亮

而又慷慨的热情。有一颗星正对她

弹琴。空旷在大地蔓延，

直到工厂边缘，《岁月如织》[①] 正在上映：

机器生锈，工厂倒闭，爱情发芽，

又一个时代没入尘埃！

我们彻夜长谈，差不多一棵树

抖落叶子，开始学会低声咆哮了。

风推开云层的被子，朋友们

在梦中跳出生活的牢笼。

从未折断的翅膀你奉献给了艺术。

2016

---

① 《岁月如织》，韩涛执导的电影。

叙　事

刚到宋庄那天下午，出去室外跑步，

一枚钉子扎穿我的跑鞋。

脚底一阵刺痛。马路开了个小小玩笑。

我走进边上画廊求助，脱下鞋子，

一个陌生大汉过来，用手帮我起钉子。

那是自行车气门芯，上面有许多螺旋。

他正整理画廊，准备把画全卖了，

把房子退了，回故乡河南。

要吗，他手里拿着气门芯问，留作纪念？

没想到临走前还做了次活雷锋。

北方的天空下，疯狂的柳絮铺天盖地。

饭店门口，几个服务员紧盯着手机，

老人们在巷子尽头的石桌上打扑克牌。

墨镜男子牵着狗从超市出来。

日常之中，一些事物千篇一律，

一些事物凶猛生长。

每到一个地方，我会绕着住所慢跑。

通过这种方式融入陌生环境，

在它的胃里消化。

"流浪者，如果你来到宋庄，

这里的艺术家无计其数。"

而欢迎我的方式异乎寻常，

用一个尖利的气门芯扎穿我的跑鞋，

将将扎破我脚底的皮肤。

只是警醒，那随处泛滥的虚假的热情。

2016

嘉定十六行

列车开到一半，

跳下去的人在茅草中睡成了石头。

这趟旅程从童年梦幻开始。

隔着车窗我们也能闻到

铁轨被烤化的金属味道。

夏天捉住我们衣领，

索要一点微不足道的关注。

桌上一瓶摆花，

并不意味着我们总是

被远方的泥土记挂，

滋养了近乎伤感的情感。

风远远吹向尘世另一边，

等它们记得转回来，

开始猛烈吹身边的树，

我们还迟迟没有

跳出生命的轮回。

2016

美好早晨的桉（组诗）

┃ 瓦特·司各特

穿过约克郡喧嚣的人群，

听到城堡外深涧般鸟鸣。

一本书带我到了陌生国度，入乡随俗，

我需要一条粗花呢短裙。

跳舞的光线憩息在图书馆深处。

远去河流帆影如织。

两岸飘浮着按捺不住的桂花香气。

一轮明月给城市醍醐灌顶。

做白日梦的人，在图书馆碰到

一个用笔捍卫自己荣誉，

写到文字尽头的人。是谁安排了这次意外？

是谁让我们看起来就像硬币两面？

沉浸在文字编织的梦里。

戴着耳机不由自主
哼出声的管理员女孩，
正对着窗外运河出神。

她的脸上神情闪烁。
她已穿过城门
——正从我们身边某个角色挣脱，
在图书馆关馆前，成功回到校园。

Ⅱ　停顿：短暂的晕眩

在一个少女身后看到马的背影
她所有的举动仿佛春天
肆无忌惮向着周围的空气扩散

我：一段写作的程序，记载着
青春的所有，火焰上舞蹈的冰雪
虚无中堆积的充盈

她穿过想象构筑的空旷的庭院
充满古怪身影的文字的枯井
有着深沉回响的唱片般的黄昏

马匹的丝绸包裹着她的肢体

在一个少女身后，越来越暗的大地

仿佛梯子后撤，我们头顶倒悬的星空

就像拒绝摇晃的钟摆，不给我们"是"

或者"否"的提示。我们等待

露水蒸腾，当新的一天重启

Ⅲ　放慢节奏的

在屋顶的平台看星

江南小镇安静入梦

杭嘉湖平原隐约一个傍水的摇篮

熄灭了汽笛的船只仿佛保姆

蹑手蹑脚穿过桥梁，给我们带来

冬夜独有的寒意。

对岸万家灯火，我们惊讶于

黑暗空间被挖掘和填充的无穷诗意

儿时的小河逐渐消失，乡村公路上

"幸福"摩托尘土飞扬

那些摔得鼻青脸肿的伤口
蓬勃的欲望，在梦中放慢了节奏

逐渐愈合。我们到了镇子的边缘
我们到了有和无的分界
在屋顶的平台看星，在眼前
并不存在的城墙上画两个戍城小兵

Ⅳ 美好早晨的桉

"美好的早晨手握一段桉树枝条
站到我们面前
她的气息如同无数叶片悄声细语
她腰带上水珠环绕的喷泉
让我们头脑清醒
穿过陌生街巷的市集，美不过是
幻觉，为美而生只是急着跨过
一连串现实的椅子
而我们愿意这么做，哪怕
椅子的尽头是一道深渊，女神。"

1994

第三辑

杭嘉湖平原

黄　楼

屋里舞台上有人深情吟唱，
屋外一棵树遮蔽着我。

雨滴，一些不规则的东西，
让我离音乐更近一些。

柳营路，无论怎么想象，
我都不能摆脱
那些树木，都是春天的俘虏的印象。

这里曾是所教会医院，
时髦的陌生人中间，
音乐仿佛流动的绷带。

"不知道哪里总会有一些创口。"
夜晚的西湖完美无缺，

而歌者孑然无畏的姿态，
像一匹黑暗雨滴无法描摹的奔马。

2015

踏　青

黄色和绿色的田野。

翻过的黑色泥土被推土机堆到天边。

一棵松树炯炯有神，在山的前额张望。

海边的村庄一直在膨胀。

不知道哪颗种子发出坏孩子的尖叫。

挖地的铁锹冒出火星。黄色和绿色，

跌倒在大地怀里，

而大地永远不会停止攫取。

被遗忘的炮台周围是片空地吧？

山弯里埋着许多人。蜜蜂蝴蝶兜着圈子

飞舞着准备拜访春天。

乡镇卫生院送走了最后一个病人。

在我围红领巾的时候父亲说，
你要努力，这就是春天真实的含义！

说完他匆匆去了一间病房，
白大褂像一阵风，在我记忆中白大褂

永远有一部分飘起，当它平静落下
挂在门后就像是一具标本，

而父亲已经摆脱了那种职业的严肃，
去乡下爷爷家，他说，我们去踏青。

2015

五　月

我们先是张开双臂，身体下沉

假装会飞

我们的身影粘贴在沙地上

我们被梦想塑造

改变了呆板的千篇一律造型

接着我们飞起来了

在五月，我们居然飞了很久

只有享受过自由的人们

才能看见我们

在永不停歇的河流上飞

我们和翅膀下面漫长的河流一样

不愿意停下来

我们就用这永不停歇的飞行

改变我们生存的这个世界

2015

杭嘉湖平原（组诗）

一、云

杭嘉湖平原，无边的白云

抬高了我们视线，堆成高山，叠成大海

收割之后，纺出长长棉线

飞舞的棉絮中织出崭新的被子

我躺在你找不到的地方

蛙声十里，我被绣成被面的一朵小花

二、跑

白云拂过山冈

眼前的道路瞬间黯淡了

黄昏递过来一根竹竿

还来得及把渡船撑到还乡者跟前

村庄仿佛带电的肉体
赤脚在广阔田野奔跑
闪电沾满泥巴

不用担心，夜幕终会降临
世界回到初始模样
有时就像一口翻扣的锅底

三、数

要想看清楚黑暗
只需去露台站会儿

此刻，村庄静谧如水墨
用乡音在你身上涂满栅栏

有一颗星卡在瓦楞上
又有一颗星从飞檐脱颖而出

一颗一颗数过来
你只想站到它们中间

四、晨

昨天晚上，一定有一片云

跳到门前的池塘洗澡

破晓时分，她才会睡得如此安静

如此香甜，心安理得

池塘里的水才会如此清澈

如此饱满，像天国的镜子

那阵雨悄无声息来过

她还没有走，还有一抹彩虹

五、鸟

接着一只鸟飞过来了

百转千回，戏弄这个黎明

毫无预兆的轻佻

来自一首诗，一段文字，回笼觉的

香甜。你把门前池塘的春色

打包装进行囊

所有时辰，都用来关联某种乐器

不管天涯海角你都带着

就让那只鸟的嘴里绷着琴弦

亲爱的，不要忽视一颗爱你的心

六、心

母亲在灶间生火

儿子心里想过，人世第一缕光线

必定来自母亲

父亲摸黑去了地里干活

儿子心里想过，人世第一缕光线

必定来自父亲

爱多么难以区分

儿子心里想过，难以割舍，这就是我

猝不及防来到人世的缘因 ①

七、莲

我们在露台谈了很多往事

虚空里站着一朵莲花

在各自磅礴的孤寂开启

颜色不同的花瓣

用摇曳的烛光应对

大海般汹涌的黑暗

退去后的空虚。我们迫切需要

更多的花瓣簇拥着上岸

八、牛

深夜，故事讲下去

我接过火柴棍撑住眼睑

---

① 此处"缘因"作"因缘"解。

黑暗轻轻翻腾
在村庄的胃里

是的我能听懂
牛棚里那头老牛的言语

它缓缓咀嚼草料
它有一双长者的眼睛

见证了牛郎牵手织女
它的朋友是一棵会开口的老槐树

九、问

灿烂的晚霞
是谁的手工?

回到故乡
你就是门前那条小河

把茶杯端到嘴边

那是一艘乌篷小船

男人们看着你
就像看着悬崖上那颗星

萤火虫打着灯笼
又是谁在呼唤你的乳名?

十、眠

寂静是一颗种子
把我抱在怀里

只有在粮食深处
才能嗅到这种气味

爷爷曾经啃过树皮……
他不让奶奶说下去了

爷爷身上
有寂静的气味

很深很深

一个走南闯北的男人的气味

墙角，一队蚂蚁钻出缝隙

把它们压弯的是颗晶莹的饭粒

十一、雨

雨来了，不知道谁在安排

这些细微的事物

一头栽进形象的比喻里

散花的仙女来了

这里那里，四处晃动，闪人眼目

没有什么

能美过

细雨的足踝

有一串脚链来自海边翠绿的小山

2015

乡镇卫生院（组诗）

——献给我的母亲，为你脸上曾经的泪水

1

我在爱琴海边打捞一首诗歌的沉船

我听到盲诗人荷马弹奏竖琴

他诉说诸神征战，烧坏了

诗人的眼睛：只有这根钨丝无法更换

在乡镇卫生院漆黑的长廊

只有这些文字徒劳抵抗冬天呼啸的寒风

夏天接踵而至，就像烙铁

只有阅读在我们额头留下相同烙印

混迹于寻医的人群之中，诗人，

请关注你多舛的命运！

2

我们总是微笑着谈到李白

谈到杜甫则脸色凝重

典籍中藏着两座大山

因此图书馆不会轻易搬走

3

不能让屈原一个人

独自沉入汨罗江。

往事陪伴着他。有一个节日。

在乡镇卫生院，我们习惯了

生命自由来去。一阵号啕带走生命，

走廊另一头，产科病房，

婴儿的啼哭展示新生命到来。

握手术刀的手，

娴熟地用糯米和粽叶包裹端午。

五花肉还有少许欢愉成分。

站在食堂打饭窗口，

我们总是嫌饭勺的力度不是太够。

4

值夜班的那些夜晚

睡意袭来，我走到院子里仰望星空

四周看不见的指尖轻微碰触

高挑的夹竹桃气味清晰

灵魂仿佛一颗正在呼吸的露珠

唐诗更为皎洁

直接飞过来推杭嘉湖平原的门

宋词相对羞涩迟缓

也许她真的记起了

遗忘在图书馆深处的那把琵琶

5

"我的躯体只是泥土一抔

无意中捧在我灵魂的游子的手中"

在病历背面写下这个句子，我就安静了

把自己彻底交给文字世界

灯光昏黄，墙角壁虎

滑过：一个准备脱去袈裟的老僧

6

在乡镇卫生院
我看见过奇迹发生

雪花顺着开启的天窗飘入室内
就在一夜无梦次日
楼梯间堆着一个完美的锥形

从来没有过的安静
就像此刻，马厩中新的生命
已经降临

而食堂里温暖的稀饭和馒头
敲打着饭盆。烧饭师傅无疑带来
新一天的美好福音

7

很少有人知道
自己人生的第一个黎明
藏在母亲的身体里

第一声啼哭

第一个微笑

第一次吸吮

母亲仔细擦干净了门窗、家具

碗、碟、盘子

这是她的小小世界

忙完家务，当她在竹椅上坐下

她为突如其来的松弛

感到隐约的不安

8

生命就是在虚无蛮荒之地

做最真实的耕耘

写作者相反

从真实之树

采摘虚无的果子

无影灯下，翘鼻子小护士
给李医生擦了擦额头汗水

9

为一段文字寻找一个开始
是困难的

就像为乡镇卫生院寻找一个黎明
连绵不断的阴雨之后

那些逝去的脸又在墙上浮现
空洞的口号、标语

从这些生命的混乱中挣脱
院子里突然安静下来

隔壁学校传来嘹亮的军号
白大褂上沾了几颗血滴

10

梧桐树细腻的粉末
让我重新认识小镇的春天

小桥陪伴着流水
隐喻小镇的爱情

我们很快苍老而无法移动
像一块石头和另一块

石头，我们曾经在星空相遇
曾经碰撞出漫天火星

11

那在走廊深处蹦跳的
模糊的，令人忧伤的

死神的信使，我见到过
没有举着镰刀，而是

伸着红色爪子，翅膀凌乱，疲惫不堪，惊恐的
移动着瘦小的头颅

比起被带走的那些生命
它更需要一碗清水，几颗吃剩的

饭粒，需要一点同情
在我逐渐靠近它的过程中

我甚至喊出某个并不存在的人的名字
而它仿佛终于听见了——

病房深处一只麻雀闪电般
飞起，脚下裂开的世界瞬间恢复平静

2015

第四辑

巴黎游记

鸡 鸣 寺

清晨卯时，眼前的黑暗

和内心的黑暗

开始切割。玄武湖水

收起城墙上黑压压的游荡。

钟声把俗世推向高处，

赋予寂静塔的尖顶。

白云试着换了七次衣服。

灌木丛中互相打结、缓慢涌动，

继而释放出的大地的伟力，

像一群走散后又遭遇的陌生人，

面面相觑，不知所言。

大殿前石缸的浮冰中一抹嫣红，

一片花瓣不愿飞翔被冻住，

这欲望困住了，等待诵经声融化。

2021

落　日

我绕着湖中的岛屿跑了一圈

我看到不同的人。在黄昏

放大或者缩小。落日

随机抽取我们各自的影像

给予不同程度的启示和安慰。

像黑白子依次落下，

我们多么短暂

而又神奇的一天：像是某种

祈祷，又夹杂几声叹息。

2021

燕晗山

之一

仿佛急于躲起来的小动物。

这段盘山公路

依次留下植物的浓郁，

花的芬芳。

雨天模糊了它的大部分痕迹，

像一张纸很快被写满。

像一段旋律，

缺少的音符刚好

被吹着口哨走过去的填补。

黄昏啊黄昏，

打烊似的，

要在每个人额头上敲一个戳。

之二

假使拐角有个陌生人
冲着你摆动手臂，
你早已被他发现。
你的羞涩只是帮助你
给寂静留一件隐身衣。
等你走近了，
你会发现那是一棵树，
却拥有人的情义。

苹果还是最初的模样吗？
假使那条蛇再多飞一会，
体温趋向和你一致，
你的悲悯岿然不动，
你的智慧所剩无几，
你还要把亚当还给夏娃。

之三

隔着玻璃看到一切
鱼静静摆动尾鳍

焰火腾空而起
暂时不接受晚霞访问

世界有了焦炭的笑脸
你手上的老茧从何而来？

文字回答模棱两可
你不是画家，你的形象

存在不同人的脑海
那里各种月亮照常升起

周末，众人的节日
因此远远不是你的节日

之四

文字跳跃着，超乎想象
思绪就像一只即将撑破的网兜，
形状不一的水果，

散落一地。玫瑰，
谁在低声呼唤你的名字？
如影随形，看不见的黑夜

永远爱你，一头扎入时间的旋涡，
被卷入的还有一个玩具，
几张报纸，一群失眠症患者。

2021

书　单

《讲故事的人》，约翰·伯格。

《我们在此相遇》，约翰·伯格。

《观看之道》，约翰·伯格。

《街道的美学》，芦原义信。

《敦煌》，井上靖。

《我们应有的文化》，雅克·巴尔赞。

《艺术的使命》，阿莱克斯·葛瑞。

《怎样讲好一个故事》，马克·克雷默，温迪·考尔。

《卡米耶·克洛代尔书信》。

《如何阅读一本书》，艾德勒，范多伦。

《玫瑰的名字》，埃科。

《莫理循眼里的近代中国》，福建教育出版社。

《造物有灵且美》，赤木明登。

《美物抵心》，赤木明登。

文字填满我们生命的空隙。

北京 798，书店，2016 年 3 月 1 日路过。

2016

莫 高 窟

在摩肩接踵的队伍沉默不语

走进一个洞窟又走出

直到强烈的阳光再次照花我们的眼睛

直到那些高大的白杨树

再次将如洗的碧空归还

那一块属于我们的小小的秋天

在烈日下颤抖

是我们迄今错失的一切正在颤抖

曾经开裂的大地

被一朵小花轻轻捂住嘴巴

2021

白 马 雪 山 ①

昨天晚上我做了个梦，

远行千里，

依然没有你的踪迹。

醒来一看，

梦是真的！你早已——

飘满空廓的庭院。

2016

---

① 短诗为 2016 年到梅里转山，从香格里拉驾车过去，路过白
马雪山时所写。

小 石 潭 记

比文字更为迷人的
是解开文字锁扣
某个地方所散发的特殊气息

结果并非大失所望
附近铁匠铺
通红的火钳刺激我们的神经

——像是序曲。秋天第一批桂花
用香气缠绕字迹模糊的石碑
和我们的想象完美契合

永远清澈的溪流，永远呆板的石块，永远的
天空这么多年还在铺展
文字，并没有改变它们善意的生存

文字并没有改变我们

一直无条件享用，那些不易察觉的

来自书本的幽暗的甜蜜

2023

巴 黎 游 记

无穷的生活、
无穷的诗。

无数个灵魂
在枝头栖息。

1

那些从白云抽样出来
奔跑的羊群
正在制造一种分离

新的、纺线般的分离
漫长飞行之后
坠入黑暗，像无声闪电

远行是羞于启齿的逃避吧？

追随机翼那盏灯

被滚动的雷声默念

2

被神的嘴唇擦拭

大地诚实展开，河流

灿烂的手指划过

米罗[①]的田野。村庄迎来

迅速变换的云影

被明亮的光线戏弄

那一架管风琴、欧罗巴

在我们被气流吸入之前

率先找到天鹅共鸣

3

找到歌剧院巨大的胸腔共鸣

———————————

① 米罗，西班牙画家、超现实主义代表人物。

仿佛用针在纸上扎下

一串小孔：巴黎

谁的莫尔斯码轻盈颤动？

歌剧院前探戈炫目

和平咖啡馆[1]外，人群

整体作为破译者出现

一辆巴士拐过街角

用刹车轻抵住夜的前额

4

那么黄昏只是售票机

吐出的单程车票

有多种语言可供选择

无法简单通过肤色

对眼前各种生灵

---

[1] 和平咖啡馆，位于巴黎歌剧院旁，开业于 1862 年。

做善恶的鉴别

我们初来乍到，略显不安
在卖艺者的琴盒
匆匆扔下一枚硬币

5

地铁站台古怪的气味
那股臭味无处不在
让人心生疑窦

仿佛车厢中运送的
不是人，而是牛、马、羊
各种神奇的生物

地铁拐弯时座椅剧烈摇晃
唱歌的诺亚 [①] 带着哭腔
开始怀念他的鸽子！

---

① 诺亚，《圣经》中的人物，总共活了 950 岁。

6

吉普赛人，手持玩偶

来自这个世界

动荡不安的深处

从一个地方流浪

到另一个地方

带着帐篷、星盘，还有狗

移动谋生工具的肉体

塞纳河边，拦路抢劫的少女

学会了塞壬①新的技艺

7

为了引起你的注意

我们敲打着栏杆

公园一侧，植物露出牙尖

---

① 塞壬，古希腊神话中的女妖，其歌声让过往的水手失神。

看来仅有文字不够

在一个波德莱尔①的天气

仅有波希米亚外表

不够呵！练习瑜伽的少女

把身体折叠成一张葱饼

搁在路易十四骑马雕像②边上

8

要让身体美妙倾斜

腾出一格抽屉

给"世界之都"留一个位置

现实过于拥挤

因此在睡眠的翻腾中

它缩得比跳蚤还小

① 波德莱尔，法国诗人，代表作为《恶之花》。

② 在罗丹故居附近的公园中，有一座路易十四骑马雕像。

但跳得比天花板高，在梦中

它努力赶上革命，以保证

"自由引导人民"①

9

街道静默的雕像

沉浸在黄昏

细雨光照之外，油和盐中

汽车如甲虫穿巷而出

喷水池发芽，长出羽毛

长出鸽子状如闪电

天际隐约传来雷声

心脏猛烈跳动，此处夜晚

省略一万盏灯

---

① 《自由引导人民》，画家德拉克罗瓦的名作。

10

醉酒之夜，我曾经

走过无数个街区

到处寻找你的心跳

古老庄严的建筑后面

洁白晶莹的乳房

散发宝石的光芒

轻簇普鲁斯特① 的童年

一艘纸叠的小船

在脸盘中体验大海的风浪

11

日常的巴黎，充满细枝

末节，有时未免

高谈阔论：咖啡的香味

---

① 普鲁斯特，法国作家，代表作为《追忆似水年华》。

比英伦多贡献一个基础元音
出于对古老东方一贯的
敬意，E 发 é 的音

保持唇形，从市政厅广场穿过
感觉风在肩头下沉
风呵，哪一张脸似曾相识？

12

那张椅子你曾经坐过
现在围起绳子
作为故居摆设，静如老僧

包括桌上这支笔
这本书，无人之人
正在使用

有人仔细数了数台阶
枝形吊灯轻微摆动
罗丹，你回来过几次？

13

对于正在发生的悲剧

世界太小了！

我们一再重逢

诸恶发生，门窗紧闭

疯狂的庭院，历历在目

煎熬着灵魂，上帝呵！

国王被装进雕像

教堂回荡着钟声，巴黎之子

被重印的书籍反复召回

14

毕加索博物馆外

毛细血管般的

街巷，没有一个人影

只有一个白发男人

在自己家阳台吸烟

伸出栏杆，手弹落烟灰

那意味深长的一瞥

混凝土般模糊不清

背后的深意有待厘清

15

那些仓皇伸出窗外的

握着灯盏的手臂

格尔尼卡 ①，所有的灾难

都有一个安静的底座

那些牛头、马面、杀人者

死神的雇佣，风暴中的糠秕

现实转瞬即逝

巴勃罗·毕加索

安睡在一个哭泣女人的梦中

---

① 《格尔尼卡》，毕加索画作。

16

啊，哭泣的女人 ①

你受到不幸

多于伤害，近乎绝望

你在阴影中挣扎

没有斗篷，也没有利剑

你的乳房如明亮春天

即使如此，你也无法抗拒

暗淡的秋天，在一幅画中

它们彼此变成一堆丑陋的石头

17

有时生活就是一堆

幻影连接的泡沫

塞纳河畔，巴黎

_____

① 《哭泣的女人》，毕加索画作。

在我们脚下永恒流淌
船只在水面留下锐利划痕
伫立船头回望

细雨泼洒，迷失的人
都已经找到彼岸
谁愿意在夜色中独自离去？

18

写了无数陈词滥调
这会儿我累了
坐在堤岸上看着塞纳河

谁都能看到自己的渺小
在一点一滴流逝
时间让人偶尔晕眩

仿佛血液都已流向四肢百骸
在那里长出藤蔓
拴住你，在漆黑一片的大地

19

人群散去，卢浮宫

街道浮起烟蒂的泡沫

随行的黑暗形迹可疑

手里握着一罐可乐

坐在城墙，晃荡双腿

的少年对我们说，Bonjour[①]

艺术没有界限，偶尔

驻足不前，这次挡住我们

杵在人行道长时间写诗

20

香榭丽舍大街

面对橱窗

我认不出自己

---

① Bonjour，法语"你好"的意思。

有一个乞丐席地而睡

明暗间杂的暮色，拖过来

盖在身上作为毯子

他头枕我的双肩进入沉沉梦乡

而我醒来，寒意四起

推开眼前着了魔的这道玻璃

21

歌剧院门前跳舞的人群

向你们致敬！飞机

往天空增添了一道拉链

探戈声中，向古老的情敌

致敬！最终他留下面具

消失在地下迷宫般的暗道

在鸽子羽毛底下掩埋

露出真实面容，雕像上的女神

我很想跨过街去抱一抱你

22

深夜的巴黎，游人醒了
他寻找一杯水或者
一粒药片，一点酒精或者

一缕思绪，编织一个
梦幻包裹自己。树叶失足
从枝头跌落，在寂静

更大一片光里。巴黎是
最大的梦幻，让游人拼命
钻进去，被刮伤，留下鱼鳞

23

也许到了月亮的反面
你才能发现
才能听、说、和写

白天沉入人群，博物馆
歌剧院，街头巷尾

承认自己涂鸦般的存在吧!

啃着比棍子坚硬百倍的面包

这会只想要一杯咖啡

谢谢你加糖,美丽的巴黎女郎!

24

应该忘记过去,把自己

压缩成一个柔和的平面

应该忘记人类各种情绪

保持平静行走

应该忘记"卢浮宫"这几个字

穿过无数房间和长廊

应该微笑和鞠躬

像意外中的一次加冕

应该把月亮和你一起拥吻

25

花裙子的芭蕾舞女边上

奥林匹亚①，仿佛融化了的

积雪。黑女仆捧来花束

一个冷得冻掉鼻子的冬天

画家躲在油漆地板

女仆头巾，床罩的褶皱

用一些光线培植春天

奥林匹亚，在你身后孔隙

偷窥者的颈项结着相同的丝带

26

去赞美一具肉体

去河边的某个展馆

接受梦的嘱托

---

①《奥林匹亚》，法国画家马奈的作品，曾引起巨大争议，现藏
于法国奥赛博物馆。

去和一幅画神交，直到

世界重又恢复它的弹性

直到落日把手伸进奥赛[①]的外套

巴黎最后一班地铁[②]

她用转身的瞬间

把自己开成一朵花瓣

27

蒙马特高地的第一缕光线

俯瞰着巴黎，我们称之

朗读者，开始进入

你的肺腑，用灼热呼吸

换来璀璨黎明，巴黎

翻动的书页覆盖浅灰的屋顶

---

① 奥赛博物馆，位于塞纳河畔。

② 《最后一班地铁》，一部反映第二次世界大战期间法国地下抵抗组织的电影。

于是我们跟读，视线移动

塞纳河换了新的腰带

时间的沙漏腰中紧扣

28

红磨坊①，你的花蕾也是

你的珍珠，一个穿礼服的长者

用放大镜对着舞台寻找

在普鲁斯特、巴尔扎克的书中

反复遇到这个老头

在巴黎某个街区隐身

在梦幻的椭圆形隧道

蜜蜂散发神秘香气，停止开采

花蜜，它们跳槽去了 DIOR

---

① 红磨坊，位于蒙马特高地脚下白色广场附近，以康康舞闻名。
画家罗特列克、雷诺阿等都有相关画作。

29

一条街道就像你器官上

一道褶皱，被你深深吸入

有人在阳台亮出三色国旗

一片安静，声音

都藏哪里去了

我到处寻找

禁止车辆通行的街道

温柔，像片羽毛

用一支烟到处交换翅膀

30

河岸上的人群，被雨摘走

放进一个淋不到雨的

地方，一个篮子

周围全是水果积累的

美酒气息，他们以唇为杯

轻轻碰触各自脸颊

最后的光亮，拖着

美丽流星的披肩

让人去爱，不可思议

31

在骗子^①的故事中出现

百次，在爱情的故事中

出现千次，埃菲尔铁塔

仿佛街道深处

一枚大的别针

轻轻扣住我们行程

要牵着手走过

前面树林尘土飞扬

每一阵烟雾，有待把你看清

---

① 骗子，指勒斯蒂格，他曾多次成功地把埃菲尔铁塔当废铁卖。

32

啊，我已苍老

只能看着眼前这杯咖啡

像囚禁在科西嘉岛 ① 的君王

世界充满了香味

当我们的灵魂无所事事

四处游荡，熄灭了战争和火焰

所谓和平就是这张

桌子，镰刀搁在脚旁

塔纳图斯看着兄弟修普诺斯 ②

33

这段美丽行程，绷在

一把小提琴的弦上

时而轻快，时而舒缓

---

① 科西嘉岛，拿破仑曾囚禁于此。

② 塔纳托斯和修普诺斯是古希腊神话中的死神和睡神。

把大海掀起，翻过曲谱

三个女神交换会心一笑

梦是如此之深，嗯，不愿意

去看舷窗外的天色，不愿意

停下来，把人质般的时间

把扣留的这几个小时 ① 还回去

2018

---

① 此处指法国和中国的时差。

对　话

蔡朝阳：诗，对你来说意味着什么？这么多年持续写诗，你的动力来自哪里？

李驰东：诗，一直是我活着的证据。这些文字指证了我的存在。"读万卷书，行万里路"是我的人生信条，在这个"行万里路"的过程中，诗是我和世界交流的方式。

写诗的动力，来自对生活的热爱。阅读和远行，是这些诗行的源头。从时间分配上，我们的生活节奏越来越快，而时间本身又被碎片化了，诗歌创作刚好融合了这种见缝插针的可能性。那种瞬间的感受和表达，特别适合诗歌这种文体。

蔡朝阳：你的诗集分为四个小辑，大体上有一种归类，可以谈谈这种归类的标准是什么吗？

李驰东：这本集子经过很长时间酝酿，写作跨度超过 30 年，基本分四个阶段：（1）在杭州的大学时期;(2)平湖卫生局时期;(3)苏州 / 上海 / 北京 / 新加坡辗转期;(4)上海近期。

我在大学时期担任校"繁星"文学社社长,一腔热血,开始最初的诗歌实践。毕业到了平湖卫生局,成了一个在故乡的陌生人,写作成了压抑环境中唯一的慰藉。2000 年离开卫生局,我走了好多地方,写作几乎成了和世界对话、自我定位的唯一方式。后来我回国定居上海,发生了许多事情,对写作也有了一些新的认识。

这本集子以时空为经纬。文字和我们同一个居所、同一个灵魂。

蔡朝阳:你写诗的时间超过了 30 年,那么,从青年时期到当下,你注重的东西有没有发生改变?如果没有,其恒定性何在?如果有,那为何改变?

李驰东:写作时期可以分为"青年期"和"成熟期"。如果单纯指生理年龄的青年期,那个阶段自我还在确立,几十年过去了,心智会成熟,技艺也会成熟,即使是"惟手熟尔"。

早期作品"工作"的成分少些。现在这个阶段,会有好多艰苦的斧斤的工作，有点像在木头上雕花。起点是"不得不"，过程披肝沥胆。

文德勒在《诗人的成年》中有一段话："成年，对大多数人而言，意味着对自己的信念、忠诚与依恋做出决定。"对写作者而言，写作是一个从自发到自觉的过程。

蔡朝阳：在你的写作中，对诗艺本身的追求大约能占到多少权重？

李驰东：我力求表达清晰，这些分行有内在的节律、某种程度的形式的美感，这些都是需要的。从另一个角度，我的诗歌实践都以短诗为主，在诗艺方面没有那么大的压力。

蔡朝阳：对于诗歌而言，在诗艺以及对人生的洞见之间，你觉得何者更重要？为何重要？

李驰东：现代艺术已经发展到这样一个阶段，形式本身有其价值。诗艺，和人生的洞见，我觉得同样重要。为了这"洞见"，我们必须发掘，精进我们的技艺。说，和说出，同样重要。

蔡朝阳：有的诗人在年轻时便写出传世的名篇，有的诗人要用一辈子去构筑自己的诗歌王国，你如何看待这两者的不同价值？你倾向于成为哪一种？

李驰东：诗无定论，各有价值。海子和博尔赫斯有不同的诗歌气质。我都喜欢，而且我和文字，必定有一辈子的恩怨。这里提醒了我一点：诗人如何善终？我想这是个有趣的话题。我比较喜欢在图书馆的某个角落了却残生。

蔡朝阳：就你的写作师承而言，有哪些诗人或者作家激发了你的创作？请列举一两人，谈谈他们的风格以及影响。

李驰东：我在初中时，订阅了《诗歌报》，开始接触海子的诗。他的抒情短诗，我认为现代汉语诗人迄今无人能及。

水很美　水啊

无人和你

说话的时刻很美

——节选自《给母亲（组诗）》

这样的诗歌达到了"相看两不厌"的高度，天人合一，极其放松、自然，到了踏雪无痕的境界。

在卫生局工作时，我有一段时间抄过博尔赫斯的诗。诗集中有一篇《致博尔赫斯》，还有《端茶杯的博尔赫斯》，都是当时情境的记录。大家都知道博尔赫斯是图书馆诗人，但是很少有人知道，博尔赫斯也是"庭院"诗人。他会写"鸽子的幽冥"，足以唤醒布宜诺斯艾利斯的每一个黄昏。

蔡朝阳：你判断一首诗好坏的标准何在？

李驰东：经常有人谈论这个问题。按我个人的观点，诗无定论。能打动我的，我认为才是好诗。当然，这个"打动"，不能简单理解为"阅读的快感"；其中不仅有情感因素，还有智识部分。毕竟有晦涩难懂的好诗。

这个标准应该是公共标准之上的一个私人标准。

蔡朝阳：请你以其中一首诗为例，描述一下一首诗的诞生过程。

李驰东：《眺望一棵树》。当时我回老家卫生局工作，一座江南小镇，一条纤细的马路南北纵贯。办公室窗外是条小弄，窗下是棵树。我刚出校门，一下进了机关工作，那是完全的成人世界，日常须说方言，我完全成了 stranger（陌生人）。我想我的孤单大概窗外的这棵树能懂吧！尤其秋天黄昏时候，快下班了，夕阳照进办公室，我想：这就是一辈子的黄昏了吧！而这棵树坦然自若，不惊不乍。风吹动树叶，我会觉得这些树叶都长在我身上。

　　树挪死，人挪活，结果我离开了。我在卫生局办公室工作六年，也许只是为了长出这十四行。

　　　　（蔡朝阳，杭州师范大学汉语言文学系毕业，作者好友）